雅诺什于 1931 年在波兰出生，是德国最著名的青少年文学作家之一。他的书受到几代德国孩子们的喜欢，几乎每个孩子都熟悉他笔下的老虎鸭形象。

雅诺什多次获得各种儿童文学奖项，如德国青少年读物奖等。

程玮，儿童文学作家，翻译家。毕业于南京大学中文系，作品荣获全国优秀儿童文学奖、"五个一工程"奖、陈伯吹国际儿童文学奖、宋庆龄儿童文学奖、冰心儿童图书奖、中国电影金鸡奖及政府奖等，入选 2016 IBBY（国际儿童读物联盟）荣誉名单。

JANOSCH

印第安酋长

【德】雅诺什 / 著

程玮 / 译

南京大学出版社

Author/Illustrator: Janosch

Lukas Kümmel Zauberkünstler oder Indianerhäuptling

Copyright © Little Tiger Verlag GmbH, Germany, 1997

Simplified Chinese Edition Copyright © 2024 by NJUP

江苏省版权局著作权合同登记图字：10-2019-709号

图书在版编目(CIP)数据

　　印第安酋长 / (德) 雅诺什著；程玮译. -- 南京：
南京大学出版社, 2024.5
　　ISBN 978-7-305-27582-1

　　Ⅰ. ①印… Ⅱ. ①雅… ②程… Ⅲ. ①儿童故事 - 图
画故事 - 德国 - 现代 Ⅳ. ①I516.85

　　中国国家版本馆CIP数据核字(2024)第015757号

出版发行　南京大学出版社
社　　　址　南京市汉口路22号　　　　　邮　编　210093
项 目 人　石　磊
策　　划　刘红颖

　　　　　YINDI'AN QIUZHANG
书　　名　印第安酋长
著　　者　(德) 雅诺什
译　　者　程　玮
责任编辑　张　珂
装帧设计　城　南

印　　刷　中华商务联合印刷（广东）有限公司
开　　本　787mm×1010mm　1/16开　印张 4.5　字数 45千
版　　次　2024年5月第1版　印次 2024年5月第1次印刷
ISBN 978-7-305-27582-1
定　　价　26.00元

网　　址：http://www.njupco.com
官方微博：http://weibo.com/njupco
官方微信：njupress
销售咨询热线：（025）83594756

目　录

隐身帽

卢卡斯的名字写在斯贝克塔科尔男校二年级 a 班的名册上。卢卡斯坐在教室左边靠墙一排的倒数第三张课桌的右座。卢卡斯目前在班里是倒数第二名。"印第安站台"那伙人叫他"卢鸡"。他未来选择的职业是魔法师，或者印第安酋长。

魔法师！在这个世界上，卢卡斯有几件最感兴趣的事情：魔法、探秘、深藏的珍宝箱、金鹅用来下金蛋的拖鞋、地下通道、没人能读懂的神秘文字，还有能飞起来的东西，比如说桌子、椅子、钢琴，或者小号。

自从他能读懂一点儿书以后，他对这样的事情越来越入迷。他专找那些书页黄黄的，字迹模糊不清的书读，一般隐藏着秘密的书就是这种样子的。好吧，他读书的速度比不上那些律师和秘书什么的，但用手指在一行行字下面滑动，一个字一个字地读过去，还是没有问题的。

或者当印第安酋长。他想变得坚强勇敢。他想骑着野马，戴着插满羽毛的帽子在街上走，让村里人看看，到底谁是最厉害的男孩！

他曾经读过一只隐身帽的故事。他在一个抽屉里发现一本童话书，其中一个故事是这样的：

一条年老、肥胖的食人鳄鱼把一个银色城堡里的公主绑架到大河边。它用精选出来的食物和糖浆喂养这位美丽的公主。它准备在5月21号，第437周年鳄鱼命名日那天，把公主抹上巧克力汁吃掉。

但计划没有成功。一个坚强勇敢的王子出现了，他想解救公主。可惜，他的剑太小了，没法对付食人鳄鱼。

这时，王子发现了一个小精灵，他的胡子被卡在石缝里。王子解救了他，小精灵把自己的隐身帽借给他。一切问题就迎刃而解了。年轻的王子杀死了食人鳄鱼，把美丽的公主解救出来。他们俩骑着马回到公主的城堡，从此过着幸福的生活，等等。

卢卡斯认为这个故事相当幼稚可笑。如果跟一个巫师或一个印第安人有关会更好一些。可他始终不能忘记那只隐身帽。他激动地在屋子里走来走去，拉开所有的抽屉，特别是最下面的抽屉。他把整个抽屉都拉出来了。因为在抽屉角落里很可能藏着魔法工具，可能已经藏了好几百年了。他还壮起胆子下到地窖里，在储藏土豆的木箱后面找。最后走进储藏间，他眼睛一亮！

卢卡斯发现一只奇特的帽子。他刚拿到手里，就有一种特别的感觉，好像自己突然隐身了。

帽子上有两个洞，还有一支蓝色的羽毛。这羽毛像被地下小矮人魔法师用来捅烟斗、给鼻子挠痒痒什么用的。如果这个不是隐身帽的话，

那世界上也就不可能存在魔法了。

卢卡斯决定明天让大家见识一下他的厉害。他将从波那曼老师的笔记本里，把他那几个5分①用橡皮擦掉。然后，他要学着波那曼老师的笔迹，当然最好是瓦路伽校长的笔迹，在自己名字后面写一个粗粗的1分。还有……哦，我可以跟你们说上几个小时，他戴上隐身帽想做的各种事情。最重要的是，他还能用它变魔术。因为每个魔法师都有一只隐身帽。

卢卡斯戴上隐身帽，小心地从后门走进院子里，穿过院子大门，左拐，直奔火车站方向。

这时，一条大狗过来了。它走近了，又走远了，连头都没转一下。这就证明，卢卡斯是看不见的。然后，邮递员图摩尔先生过来了。他走过去，没有跟卢卡斯打招呼。现在，卢卡斯坚定不移地相信，他戴的就是一只隐身帽！

他飞快地向火车站方向走去，走到哈诺色科先生的杂货店。他跟哈诺色科先生的儿子比默尔有一笔旧账要清算。他是卢卡斯的死敌。第一，他比卢卡斯强壮很多；第二，他现在暂时还是"印第安站台"的酋长；第三，因为他总是管卢卡斯叫"小猴子"。卢卡斯现在就请比默尔领教一下，他面前站的是什么人。

在橱窗玻璃上，用白笔写着：

---

① 译者注：在德国学校，最高分是1分，4分及格。

鲱鱼　1.70 马克

豌豆　0.32 马克

甜橙　0.45 马克……数量有限，卖完为止

卢卡斯一挥胳膊，把上面的字全擦掉了。然后，他用油墨笔（这个写上去就擦不掉，人人都能看清楚）大大地在橱窗玻璃上写：

比默尔是一个胆小鬼。

对印第安人来说，这是致命的侮辱，他会立刻把自己吊死在树上。

这时，门开了，比默尔走出来。卢卡斯叉开双腿坚定地站在橱窗

5

前面。他现在隐身，可以把比默尔打一顿。

比默尔看着橱窗，慢慢地读着，气得脸都红了。他看看四周，对着卢卡斯站的地方恶狠狠地骂：

"这是你写的吗，你这个小猴子？！"

卢卡斯的心都快蹦出喉咙口了。他转身跑起来，比默尔在后面追着。在铁轨那里，比默尔停下来转身回去了。他对着卢卡斯喊："明天我到学校跟你算账，直接把你扑死！"

这隐身帽完全没有用，太不可靠了。

比默尔是一个胆小鬼

磷火

卢卡斯现在不太相信书上写的东西了，最好的办法还是用自己的眼睛和耳朵寻找线索。这既需要勇气，又需要能读懂各种蛛丝马迹。这个世界上到处都有飓风巫婆、猫头鹰王、海燕飞贼什么的，还有那些凶狠的捕猎者和来自其他部落的好斗的印第安人，更不用说那些草原上的强盗——盗马贼什么的，都需要自己去观察和跟踪。

还有磷火。每天晚上睡觉以前，卢卡斯会去观察那些阴森可怕的东西。他站在窗口，小心地躲在窗帘后面，用锐利的眼睛注视着恐怖的黑夜。

有时候，他清楚地看到木棚后面的麦子在轻轻晃动。

有时候，什么东西从树梢上飞过。他看不太清楚，因为天已经黑了。

卢卡斯正面临危险。明天要做奶油汤，他现在要去取牛奶。牛奶坊离这里走路要7分钟。但是，到了天黑的时候，那路就会变远十倍。这是一个古老的魔法了。

卢卡斯从传说和故事里知道，晚上会有磷火出现。它在黑夜里飘浮着，走夜路的人看到了，就跟着它走，他以为那是一个美丽的女孩。磷火消失了。走夜路的人转身回去了。可它又出现了，又消失了。磷火就这么一会儿出现，一会儿消失。走夜路的人被它弄糊涂了，一脚踏进深深的沼泽地，从此就消失了。有时候，那个走夜路的人的灵魂会出现，在黑暗中幽幽发光。

卢卡斯不害怕。那边！在他前面出现了光！卢卡斯，不管发生什么，别动，也别发出声音！那光消失了。肯定是磷火。

"卢卡斯，别过去！你别动！"

卢卡斯的心咚咚地跳着，牛奶壶在他手里摇摇晃晃。这完全可以理解，磷火可不是纸做的。如果他能活着回去，明天到学校他会仔细地跟大家讲磷火的事。这一定很有吸引力，因为班里没有一个同学亲眼见过磷火。

磷火飘近了。现在！可它又飘走了。突然，它呼哧呼哧地响起来。

"如果我闭上眼睛，它就不能带我走。那我就不会死！"

对，闭上眼睛。

"嘿，卢卡斯，你怎么还不睡觉？"这是村里的农民西弗克，他正推着自行车走过来。他推得慢一点儿，车灯就暗下来。他推得快一点儿，车灯又亮了。车上的小发电器在嗡嗡作响。西弗克走过去了。

如果真的是磷火，卢卡斯会指给他看的。看起来那么神秘，飘忽，原来什么都不是！

他一口气跑到牛奶坊，又一口气跑回来。因为他回家还有事要做。

他认真考虑了一下 30 年以后的情况。他将住在一个大城市的一所红色的魔法屋里，门上有个牌子：

卢卡斯，魔法师

这样更好：

　　卢卡斯
　　超级魔法大师兼任印第安酋长

　　也许他就简单地写"超级魔法大师"，兼任印第安酋长好像不太适合。如果他成了酋长，那他就得离开大城市，迁移到草原上，住在一个帐篷里。一直待在那里，骑着马，追踪敌人、捕猎野牛……他自己也不能决定，到底是当魔法师还是当印第安酋长。最好两样都做。

　　他躺在床上，盖上被子，隔壁房间的闹钟嘀嗒地响着。他做着各种伟大、勇敢的梦。

魔法技巧

卢卡斯掌握一个真正的魔法技巧，真的！有一次，他和一个真正的魔法师面对面地站着。真的是面对面，就像站在老师面前，或者是站在奶奶面前一样。

事情是这样的：

有一天，爷爷来到卢卡斯家。家里没人，他就往信箱里塞了一张纸条——

明天在维摩斯芬有集市。我们骑车去。问好，爷爷。

他说的"我们"是指他自己和卢卡斯。骑车的意思是一口气骑车45分钟，不喝柠檬汽水不休息。

卢卡斯当天跑到爷爷奶奶家，约定了明天出发的时间。

不用说，他一个晚上都没睡好觉。因为每个小孩都知道，集市上有游乐场，马戏团里有真正的魔法师。

上学前 2 个小时，他就起床了。他把自行车擦得干干净净，车链上了油，车座调整好位置，每根钢丝都擦得闪闪发亮。上课时，他算术得了个 6 分，因为上课注意力不集中还被训了一下。终于，放学了！他一路跑回家，飞快地吞了两个土豆，骑上自行车，直奔爷爷奶奶家。

爷爷已经换上星期天出行的衣服，用夹子把裤腿夹起来，这样骑车的时候裤腿就不会卷进车链里了。奶奶把一个装满食物的大包夹在卢卡斯自行车的后架上。出发，时速 80 千米！不，不是 80 千米，爷爷骑不了那么快。就像爷爷说的那样， 45 分钟骑到城里，不喝柠檬汽水不休息。1 分钟不多，1 分钟不少。

关于游乐场就不需要我多讲了吧。有轮盘抽奖，奖品是小猴软糖，还有酒心巧克力。还有吹着哨子、学着鸟叫的口技表演。这都很无聊，卢卡斯早就不稀罕了。

可是，在广场最外面的角落里，在栗子树旁，在大家都觉得已经没有什么可玩，几乎没有人过来的地方，正是一个最有吸引力的地方——一个红色的棚子，上面用橘黄色的字体大大地、清楚地写着：

扎克迪兹姆波利魔法师
自然、诚实地变出精美的魔术
只要 5 芬尼入场费

还用多说吗？卢卡斯扑向这个棚子，就像一只老虎在沙漠里扑向水槽一样。他站在那里不再挪动。他要把魔术表演从头看到尾，求求了！一个节目也不落下！他对爷爷说，就是让他一个星期不吃饭也愿意。也许有一天，他会成为扎克迪兹姆波利先生的同行。好吧，爷爷陪着他连看三场表演。

"注意了，女士们先生们！"扎克迪兹姆波利喊，"注意了！"他把手高高举起来。"你们现在看的都是魔法。这不是弄虚作假，这都是千真万确的。这不是普通的嘉年华表演。我不用双层袖子，如果各位想证实一下……"他从观众席请出一位观众到台上，他给那观众看自己的袖子。在第一场演出时，卢卡斯还不敢。到第二场演出时，他跑到台上，摸摸袖子。确实，不是双层的。

"没有带暗袋的大衣，没有拆开的夹里可以把活老鼠藏在里面。"扎克迪兹姆波利先生喊，"没有双层鞋垫的鞋子，至于这帽子，里外都一样。请看！"

他把帽子摘下来，这次又是卢卡斯把帽子认真地检查了一遍。他的手指有点微微发痒。

"现在，请看，我手里变出了6只活蹦乱跳的蚂蚁。"

他把手举起来让观众看。真的。

"各位，我还能给你们变出灰熊和大象，老虎和犀牛。但是，你们应该理解，这个棚子太小了。"

到了第三场表演，扎克迪兹姆波利先生已经认识卢卡斯了，他向

卢卡斯点头问好，把卢卡斯请到舞台上，握手问候。

卢卡斯说，他自己也是个魔法师。当然，现在还不是，以后是。

"那么，朋友，"扎克迪兹姆波利先生说，"请允许我现在就教您一个高难度的魔法技巧！"他摘下魔法帽，把帽子放在一张椅子上。然后，他请求借一下卢卡斯爷爷的帽子。他把爷爷的帽子放在另一张椅子上。"谢谢。我现在拿起这块小红布。"

他把红布递给卢卡斯。生平第一次，卢卡斯亲手摸到一块魔法布。扎克迪兹姆波利先生把红布小心地塞到第一只帽子下面。他开始念念有词，他用魔术棒从这只帽子指向另一只帽子。

"就这样！各位，现在红布已经变到另一只帽子下面去了。你们亲眼所见，这很困难。不过，最难的还在后面。请注意了！我将把红布再变回去。霍库斯布库斯，布库斯霍库斯……"他的咒语很长。

念完后，他举起第一只帽子，那红布果然又回到原处。

"我亲爱的同行，请允许我这么称呼您，您现在也可以变这个魔术了。"扎克迪兹姆波利先生边说边用魔术棒在卢卡斯身上点了几下。卢卡斯觉得好像被电击中一样。

表演结束了。卢卡斯用最快的速度回家，他一直领先爷爷5米远。

当天晚上，他尝试这个魔术技巧。

真的成功了。

马戏团有只会算术的驴子

有一次，村里来了一个马戏团。没有海报，只在村长办公室门上贴了一张纸条：

马戏团只待一天，所以很遗憾只能表演一场。有很多精彩的动物表演，请大家不要错过这个机会。

对这个村子来说，这是一个重要的日子，因为第一次有一个马戏团来这里！

首先，一辆大车沿着村里的大路过来了，里面传来很多动物的叫声。车子两边写着：

马科维兹父子马戏团

不过，这不重要。当第二辆车过来时，几乎所有的人都跟着飞跑

起来。

布恩说，他听到有一只狮子在叫。"打赌？"

"狮子？笑死我了。"汉斯喊起来，"他说是狮子，你这腊肠犬！我明明从一个洞里看到了大象的牙齿。我发誓。"

两个人开始打成一团。这时，比默尔过来了，他把两个人抓起来，一只胳膊下夹一个。那两个人同时喊起来：

"没有狮子，根本没有。也没有大象！"

这场争端就解决了。

杂技演员们从两辆马车上下来，他们开始卸东西。

木杆竖起来了，一根绳索拉起来了，下面没有防护网。反正也不高，大约两米吧。几根桩子被敲进地里，绑上绳子。这是一道界线，买了票的到里面看，没买票的在外面看。

接着，动物们都被牵下车了。有三条狗、一头驯服的猪、一只猴子、几只白老鼠，还有一头驴子。还有刚才拉车的马，一共两匹。

演出本该3点开始，但一直等到4点半才算真正开始。

马戏团团长发表了热情的演讲。有一个人吹起了口琴，两匹马被牵进表演场地。团长说，它们以前是强盗的马，比较狂野，还需要驯养。所以，它们套着缰绳。

两匹马跑着圈子，团长用鞭子指挥它们。他一抽鞭子，它们就点头。第一个节目结束了！

小丑出现了，他叫瓦基。他带着那只猴子，他们互相打打闹闹。

　　这一个个节目就不去细说了。最后是节目的高潮，团长亲自赶着那头驴走进表演场地。

　　"尊敬的女士们、先生们，安娜德罗玛丝，她是一头来自瓦隆山脉的神驴，能轻松地解答出最难的算术题。"真的，1+2 她想都不想就算出来了。2+3 有点难，她嚼了一会儿草，用蹄子在地上跺了五下。

　　"我也会的。"卢卡斯大声说。

团长听到了。

"年轻人，请您过来！我们来看一看，这里到底谁聪明。"

卢卡斯走到台上，脸都红了。但一个魔法师不应该怯场。他笔直地站着。

"请各位注意了！我出一个很简单的题，一头山羊、一条狗和一只猫，加起来一共是多少？首先，请这位年轻的先生回答。"

"那是……嗯……7。"

卢卡斯不知道。因为他们的算术还没教到动物。动物只在自然课上教，那是两回事。平时，当他不知道的时候，他总回答7。有时碰巧也说对了。

可这一次没有。大家笑起来。驴子用蹄子在地上敲了三下，她赢了。

卢卡斯没有成功！不过，作为一个魔法师，他并没有准备跟一头驴比算术。他以后也不准备表演这个节目。

肯定不！

骑在马背上的美丽公主

马戏团表演还在继续。

卢卡斯呆呆地坐在座位上。人们会怎么看他？他有一点儿惭愧。

他想，算术就是垃圾。一个魔法师不需要算术，印第安酋长更不需要。驴子做算术正合适。一个魔法师会变魔术，一个印第安酋长会骑马，就这么回事！而他，卢卡斯，也不想做一头驴子，他想做印第安酋长，或者是魔法师。

"各位现在请注意，"小丑喊，"下一个节目非常非常精彩，将引起巨大的轰动，同时也是非常冒险的行为。美丽的马戏团公主胡美尔将不用马鞍，不牵缰绳，徒手站在最狂野的阿拉伯马背上，一圈，两圈，三圈……不，十二圈，徒手站在马背上跑十二圈。奏乐！"

没有小号，没有单簧管，没有任何乐器，杂技演员、小丑和团长鼓起嘴巴奏出了音乐："当当当当……"

一个穿着漂亮短裙的小女孩骑着马从后面冲出来——卢卡斯立刻喜欢上了她。

他的脸顿时像燃烧的火炭一样灼烫，耳朵就像被荨麻草扎了似的火辣辣发烫，他的心怦怦地跳着。他怕被别人发现，一动也不敢动。作为印第安酋长，他觉得喜欢上别人有点尴尬。他想象着美丽的胡美尔公主策马奔驰在大草原上。而他，印第安酋长，骑着马从她身边经过。野马奔腾，掠过大地，他浑身光芒万丈，帽子上彩色的长羽毛在飘舞着。她有一点儿怕他。他大声发出战斗的呼叫："嗨……"

在最后一秒钟，他克制住自己。要不，他真的会喊出声来。

这时候，美丽公主已经骑着马跑完一圈。接着是第二圈，第三圈，不用马鞍骑在马背上，完全像正常骑马那样。

现在，她站了起来。她站在马背上骑着马。在第五圈，她抬起一条腿，只用另一条腿继续站在马背上，徒手，没有马鞍，也没有缰绳。

"我也应该学着点。"卢卡斯想，"当我骑马在草原上奔驰时，我也这样站着，可以用手抓住空中飞过的老鹰。"

现在，卢卡斯又一次确定，他不做魔法师，而要做一个印第安酋长。

人们鼓掌。

小丑站起来喊："各位，您亲眼看见了，这一切是多么轻松自如。现在我给你们牵一匹小马来。如果您能骑着跑三圈，只是三小圈，我们团长将赠送给您一百张前排的票。还有，请您听着，免费前往雷米尼旅游一趟，含酒店和早餐。节目开始。"

现在，卢卡斯的机会来了！算术不是艺术，但骑马是！徒手，只用一条腿站着……

　　小丑走进场地，后面跟着驴子。

　　卢卡斯顾不上是驴子还是马。他一下子绕过观众席，跑进场地去骑马。他知道该怎么做，他有一次在一个西部片里看到过。一个助跑，嗖，上去了，像魔鬼一样。

　　他的心跳得很厉害，他迎风站着，这样美丽的公主就听不到他的心跳了。不能让她发现他很紧张。她应该有点怕他。站在这里的是一个酋长！

　　他猛地助跑一步，只跳起来一点点，比一条中等个子的狗跳得高了一点点。他的脸红了。

再来一次！嗖！这次跳得像一只猫那么高。那驴子在近处看起来很高大。卢卡斯想："很可能它故意装得高大一点儿，我要悄悄教训它，冷不防给它一脚……"

这时候，小丑搬来一张椅子。卢卡斯踩着椅子爬了上去。现在，他稳稳地坐在驴背上，就像坐在一张扶手椅上。那驴子站着纹丝不动。

"因为它害怕了。"卢卡斯想，"我马上蹬它一下，让它跑得累成一摊苹果泥。"

他骑在驴背上，发现当一个印第安酋长太过瘾了：头上戴着插满彩色羽毛的帽子，腰带上佩着战斧，战马下面是敌人。他高高地坐在马背上！公主正在看着他。

他用腿夹一下驴子的肚子，可驴子一动不动。

他拽了拽驴子的耳朵，又用力拽了拽尾巴上的毛。

突然，驴子动了，但没有跑远，只跑了一米，就飞快地转了三圈，把卢卡斯高高地抛了起来。

小丑及时接住了他。

我差点就赢了，卢卡斯想。突然袭击不是艺术。还有，骑马的时候需要真正的印第安靴子，还有皮裤子。

可惜，所有人都在笑。胡美尔公主也在笑。他很痛苦。他决定，还是去当魔法师。遇到搞不定的事情，就开始变魔法。霍库斯布库斯一变，他就能骑上最野的马。谁笑话他，他就使魔法。大家都会怕他。

他决定先当5年魔法师，然后把自己变到得克萨斯州，当印第安酋长。

这是最好的选择。太好了！

烟盒里的小人

变魔法是很难的。想做一个魔法师，必须学习很多东西。想当一个魔法大师，需要更长的时间。不过，当一个学徒并不难。最理想的是有人帮助你，一点点地教你，指点你。如果碰到老师提问，还可以事先提醒你。不用说，每个人都希望有这样一个魔法助手。在卢卡斯的生活中更需要一个小小的魔法助手了。

突然，一个美好的奇迹出现了。

卢卡斯的学校有一个操场。操场南边的后面有一片小小的菜园，属于校长瓦路伽和他的太太。不管是好学生还是坏学生，在课间休息的时候都喜欢在这里转悠。当校长太太需要有人帮忙拔杂草、摘醋栗、清理小石头的时候，大家都抢着去帮忙。因为被选中帮忙的那个人，在学校里的地位就会变得不一样。如果他功课不好，在校长的课上，该得5分的时候，会得到一个3分。如果他功课好，他会得到校长的表扬。

因此，课间休息的时候，几乎所有的学生都聚在操场后面的菜园那里。慢慢地，在十点钟的课间休息时，那里成了一个交换东西的地方。

如果有谁想交换东西，就带着东西到那里去。比如说，用一张带水印的十分钱的安第斯山脉邮票可以换到一个完整的绒毛蝴蝶。同样的邮票，如果没有水印，那连一个纽扣都换不到。

如果一个人会算计，他一定可以通过这样的交换变成大富翁。

比如说，一个人用一根凤头鹦鹉尾巴上的红纹蓝底羽毛，可以交换十一条活蚯蚓。用十一条活蚯蚓大概可以钓到六条鲈鱼。因为有五条蚯蚓可能会被鱼吃掉。有一条鲈鱼逃走了，还剩下五条。有三条半死不活，必须马上吃掉。把剩下活蹦乱跳的两条，放进校园的水族箱里。这两条鱼长大一点儿后，用一条可以交换到一根四米长的钓鱼线、两只鱼钩和一小块弹弓上的牛皮。再抓几条蚯蚓，用两只鱼钩能钓到十条鱼。然后可以再用来交换……反正就这么一直交换下去，那人肯定就变成富翁了。

有一天，卢卡斯有一支红钢笔，是老师用的那种带红墨水的笔。他走到交换角落，大声喊：

"一支超级红钢笔可以交换。有人要换吗？"

四年级 a 班的汉诺想交换："看这里，一只雪茄烟盒里有一个小人。注意了！你听到了吗？"

卢卡斯把耳朵贴在烟盒上，他听到有人说话：

"嘶塔啪，嘶……"这太不可思议了。大家都知道，世界上确实有小人存在的。

"哪天老师向你提问，问一个数字，或者一个字母，你不知道，那你就悄悄地把烟盒拿出来，把它贴在耳朵上，他会告诉你答案的。可是，你绝对绝对不能打开盒子。一打开就完了。一天往里面塞一根草。这个小人吃草！"

这交换很划算。可是，汉诺觉得红钢笔还不够。什么红墨水不红墨水的，他说，买起来跟黑墨水价格一样。

一大堆同学都围着他们俩看热闹。卢卡斯又加上两块自行车补胎皮，上面自带胶水。这还不够，因为小人很贵重。卢卡斯答应汉诺再加一只鸽子蛋和鹿角虫干。

交换成功了。

接下来是算术课。老师问：

"11 加 1 除以 4 ？"

没轮到卢卡斯，轮到了本尼迪克。卢卡斯想试试，他悄悄把盒子贴在耳朵上："哗哗，嘚嘚，散散。"

卢卡斯没听懂，他得先熟悉小人的语言才行。

本尼迪克回答："3。"对的。卢卡斯记起来，小人说的是："哗哗，嘚嘚，散散。"

太厉害了！一只鸽子蛋、鹿角虫还有一支红钢笔能换这么一个东西真的不算吃亏。有这样一个小人，一个人可能会创造出奇迹。

"2加3加8减6？"

卢卡斯马上把盒子悄悄贴在耳朵上。

"喊喊喊……"

不用说，7！

卢卡斯疯狂地举起手，老师请他回答。"7！"对的！

在 11 点钟课间休息时，汉诺和卢卡斯又握手又拍肩膀，正式确认了这笔交换。这交换永久有效，不许反悔。

12 点放学了。回家后，卢卡斯很想给小人喂一片土豆，可太大了。他得打开盒子才能塞进去，那一切就都完了。他给小人塞了两根草。卢卡斯很想跟他像两个男子汉那样面对面谈一谈。因为他有很多问题想问。

不行！魔法的规则是：不能打开！

可到了晚上，他实在忍不住了。

"在黑暗中应该不要紧。比如说胶卷可以在黑暗中冲洗。冲洗胶卷就像变魔法，一开始什么也没有，然后图画就出现了。"

他在黑暗中打开烟盒，只听见嗡的一声，有什么东西飞出去，在黑暗中消失了。

一切都完了。

给水人打电话

如果人类能跟侏儒、水人或者城堡幽灵说上一次话，也许很多疑问就都迎刃而解了，他们可以解释清楚很多事情。

卢卡斯一直想跟这样一个神秘人物说说话。

有一次，一伙人站在车站那里说话。天很热，地面上散发出一种沥青味。他们中最厉害的那几个正滔滔不绝地讲着很暴力的故事。其中一个是博纳，他今天是首领。他正不停地大声说着、叫着、笑着。他比别人大三岁，是这里面最强壮的一个。他还戴着一条领带。他已经上了两天中学了。不用说，上中学的人知道得很多。他还在学开车，真可以说见多识广。

博纳表现得像得克萨斯的总统一样。他突然说：

"卢卡斯，过来！"

卢卡斯走过去。他有点紧张。

"听着！你很聪明是吗？"

"是的。"卢卡斯说。

"呃，你听说过水人吗？"

"当然。"

"他住在拉瓦，你知道，在水底下。现在你听着，世界上的河流和水道里的水在地底下都流到一起，明白吗？"

"有道理。"

"世界上河流和水道的水全都流向大海，它们是相通的。你懂吗？"

"这个不用你说。"

"那好！我们家有一个水管。水管连着自来水管，自来水管连着水库，水库通着拉瓦河，那里住着谁？"

"还有谁，水人！我又不笨。"

"你看，我就知道你没有我想象的笨。好吧，现在去我家，我给你看个东西。"

他们一起来到博纳家院子里。有一根红色的水管从洗衣房的窗口伸出来。

"注意了！你在这里拿起水管，我到里面去把管子接通，你就能听到水人，你可以跟他通电话。"

卢卡斯很兴奋，跟水人打电话，这实在太难得了。博纳肯定了解情况。他是中学生。大家都站在他身边。有人在讥笑着，因为他们都不相信。可卢卡斯相信有水人，中学生博纳也这么说的。他把水管凑到耳朵那里，他立刻很清楚地听到：

"你好，这是水人在说话。夸贝拉贝拉贝拉。是谁在那里？"

36

"我，我是卢卡斯。"

"快说些什么吧！"

"哇，哦，哦……"

突然，一股水从水管里冲出来，把卢卡斯淋了个透湿。幸好太阳很好。大家都笑起来。

但也有可能水人真的在那一头，水管里的水必须先流出来才行。

这么说，他还是赢了。

狮子种植园

从教室里往外看，五月的天气非常美好。青草已经长到 11 厘米高，小鸟在树上唱歌，在鸟窝里生下了第一个鸟蛋。太阳明晃晃地照着。教室的窗子敞开着，飘来一股鸡屎的味道。约瑟尔在想："如果我把一只金龟子沾到英塔的早餐面包上，他吃了会不会死呢？如果他死了，他们会发现是我干的吗？即使他们没有发现我，我也马上可以说，那是卢卡斯干的，反正他笨死了……"

二年级 a 班上的是生物课。波那曼老师坐在讲台后面，看着窗外，喋喋不休地讲着植物什么的。今天他心情很好，没有给任何人打 5 分，没有在班级记事本里记下谁的表现不好，也没有打扰别人打瞌睡。他已经挖了 3 次鼻子。

"对大自然来说，"他说，"全都一样。这么说吧，就是一种循环。首先是春天，万物发芽，生长。然后，植物开花了，花谢了结出了果子。秋天来了，果子里结出种子。风来了，把种子刮到四面八方。种子落到土地里，叶子也跟着落下了，盖在它们上面。嗯，保护它们！冬天来了，春天来了。种子发芽长出新的植物，可这一切是从哪里来的呢？"

这时，"布谷鸟"大声说起话来。布谷鸟是迪尔特的外号，他坐在前排。他飞快地插嘴说：

"我知道！在冬天，下了雪，雪就是水。人们在哪里浇水，哪里就会长出植物。我爷爷一直在花园里浇水，那里就长出大黄。"

他得意扬扬地环顾四周，这个自作聪明的家伙！但他刚才说的全是废话。

"迪尔特，我没让你回答问题。"波那曼老师说着，擦了擦自己的眼镜。如果在平时，他会因为迪尔特胡说八道，给他一个6分。"我刚才说的什么？哦，种子落在土地里。春天来了，阳光温暖，然后发生了什么？海德曼！"

"被虫子吃掉了。蚯蚓，还有面粉蛆也吃。我能离开一下吗，老师？"

波那曼老师说："去吧！"

海德曼其实刚刚在想着钓鱼。他走到操场上就碰到他的狗。它跟在他后面，拽着他的衣服。他们就一起走到田里。海德曼忘了回学校，波那曼老师根本就没发现。放学时，比默尔把海德曼的书包带回家去了。

"不过，种子不一定需要风力传播。"波那曼老师继续说，"人类可以把种子种下去，种在他想种的地方。一个橡果会长成一棵橡树。一个山毛榉果可以长出一棵山毛榉。郁金香的种子，能长出郁金香。萝卜籽可以长出萝卜，如此等等。"

卢卡斯今天本来不准备认真听课的。不过，他觉得非常有意思。

他从种子联想到上千种魔法，他想尝试一下。因为拼命思考，他的脸都涨红了。

"动物也是这样。"波那曼老师说，"对大自然来说，全都一样。这个我们下星期再讲。"

丁零零，下课了。11点钟学校放学。这一课，卢卡斯毫不费事全听懂了。他飞快地往家里跑去。

有人看见他整个下午拿着一把大铲子在屋后面忙活。在树底下把土挖出来，把杂草拔出来。他想先搞一个狮子种植园，然后搞一个大象种植园、兔子种植园和猴子种植园。

事情很简单，因为波那曼老师说动物跟植物差不多。卢卡斯明天到森林里去，找一点儿兔子粪，还有狍子粪、鹿粪、松鼠粪、鸟粪等所有能找到的动物粪便，把它们种下去。以后，他再种大的动物粪便。农民尼达有马粪。卢卡斯可以把它们种下去，马就会长出来。他把第一批动物卖了，用卖来的钱写信到非洲去，请他们把狮子粪寄过来。还有斑马、犀牛、大象、鸵鸟什么的粪，全都寄过来。对，还有猴子！他特地把种植园挖在树下，如果小猴子长出来了，它们就可以爬树。

他忙了很久。到傍晚，他用一块防水布把泥土盖起来，这样病菌就不会侵入。他一个晚上都没睡好。所以，第二天他在上课时睡得很好。下课后，他像猎犬一样飞快地跑回家。他把种植园插上临时栏杆，开始写一个牌子：

"狮子——老虎——兔子——鹿——松鼠……"写到"犀牛"的时候，

纸写满了，他想办法把"鳄鱼"也写了上去。犀牛和鳄鱼都生活在水里。这些他都想种。

第三天，他带着一只鞋盒走到森林里。

在一个空地上，他碰到了守林人西康当兹。他有点担心，也许自己这么做是在偷猎。幸好，守林人吸了一下鼻烟，他的眼睛辣出了眼泪，没看见卢卡斯从他身边跑过去。

卢卡斯搜集了所有能找到的粪便，小心地抱回家去。他怕粪便混到一起，马上就在动物种植园里把那些粪便种下去了。

种完以后，他像一个胜利者那样踏实地睡着了。他好像建造了一座新城，成了一个国王。他很早就醒了，跑到屋子后面，看看有没有长出什么。没有！这是一个秘密，他绝对不能说出去！当村子里长满了野生动物，而这些动物全都乖乖地听从他时，村里人才会发现这个秘密。希望是这样！

可他实在守不住这个秘密。

当麦尔卡跟他开玩笑、说好话，跟他勾肩搭背的时候，卢卡斯说出了这个秘密。他真的不该这么做，因为大家都笑话他！就好像他没穿裤子在大街上走路一样。

只有舒利站在一边没有笑。他找个机会走近卢卡斯说，他也想一起干。卢卡斯跟他握了手。他现在是卢卡斯的朋友和魔法助手。如果卢卡斯当了酋长，舒利就是他的密探。一切就这样说定了。

放学以后，他们马上跑到卢卡斯家后面，真的有情况了！

地面上冒出了绿色的嫩芽！当然是兔子！

卢卡斯说，只不过，刚刚长出来的东西看起来都是绿色的。

舒利看着他，就像看一条可怜巴巴的狗。舒利撇撇嘴巴说："这是杂草，你这个笨蛋。"说完，他把手插进裤兜，踢着一个空罐头走了，连头都没回一下。

他们的关系结束了。卢卡斯想，舒利不会再来了，也不会给他当密探了。

兔子肯定长出来了。也许，在他上午上学的时候，它们已经跑进了森林里。肯定是这样的。这事没有完。卢卡斯想，他以后得挖一大块地，周围插上栏杆，在上面盖上网。

他决定先把纸牌子保存起来。他把它藏在阁楼储藏室柜子的一个抽屉里，还用柴草把它盖了起来。

怎么才能提前放暑假

如果一个人认真考虑一下这个世界和日历的关系，是非常有意思的。一页日历上写着"星期六"——这个世界就是星期六了！或者"星期一"——这个世界就是星期一了。"星期三"的时候是星期三，"星期四"的时候是星期四。从来没有出过差错。

卢卡斯对这个问题研究了很久。只有他一个人发现了这个重大的秘密。他想到一个很了不起的主意。

在9点钟课间休息时，大家又站在一起聊天。

卢卡斯喜欢打赌。他打赌，他爸爸比瓦路伽校长更有力气。如果他有一个哥哥的话，他哥哥以后肯定是水手，也许还是船长。打赌？能打赌的事情很多。

有一次，他打赌在去年夏天，他家的水桶里有一只金丝雀在做窝。所有人都打赌说没有。可是，没人输，也没人赢。去年夏天的事，谁都能打赌。

今天又是一个打赌的日子。

"我跟你们用一个酋长的全部珍宝打赌，如果我愿意，我明天就可以让大家放暑假。"

哈哈哈！所有人都打赌不可能，他肯定做不到。如果他能做到，那他的奖品应该比酋长的珍宝多得多。

起先，他们想揍卢卡斯，他居然想打这种赌。这么大的事情，可不是开玩笑的。不过，也许他真的有什么绝招呢？

课间休息结束了。在下一节课上，卢卡斯看上去很奇怪，就像他已经打赢了这一仗，或者明天就可以当酋长了。

放学的时候，他慢慢地收拾着书包。他以前从来不这样的，他总是第一个往家里跑。甚至连东西都没全部塞进书包，半截铅笔还露在外面。可今天，他看上去很奇怪。他慢慢地把书包收拾好，再把东西拿出来，再装进去，最后教室里只剩下他一个了。

波那曼老师要走了，卢卡斯还在教室里。波那曼老师说："你走的时候把窗子关上。"

所有人都走了，学校里静悄悄的。

卢卡斯踮起脚尖走到窗口往外看，确认没有人在偷看，因为这是一个秘密的行动。然后，他用更轻的脚步走到日历那里。他把一张椅子靠在墙角，爬上去，把一张张日历撕下来，塞进夹克口袋里……一直撕到 7 月 21 日，那是暑假开始，这是他认真考虑过的。

做完这一切，他背起书包，像兔子一样飞跑回家。他小心踮着脚尖。只要没有被人看见，那谁也不能惩罚他。

"明天，波那曼老师一看日历，"卢卡斯对自己说，"他就说，啊啊，孩子们，日子过得真是飞快，转眼已经放暑假了。你们把书包收拾好，回家吧，赶快！"

可是，事情完全不像卢卡斯想象的那样。波那曼老师走进教室，准备撕日历。他戴上眼镜说：

"啊啊！"

到目前为止，跟卢卡斯的计划倒还是一致的。

接着，风暴来了。波那曼老师气得满脸通红："谁干的？马上自己承认，捣蛋鬼！"

侦破工作马上开始。

这案子很简单，就是卢卡斯干的。他被惩罚了。每天放学后留下来罚坐一小时，一直坐到7月21日为止。另外，还要连续写41遍：

> 谁可以撕教室的日历？
> 只有波那曼老师。
> 这个世界上别人都不可以。

这是最可怕的，因为写字很难。

不过，计划的第一部分还是成功的，卢卡斯还没有彻底放弃他的想法。他回头还想试一试。

这日历的秘密太有趣了。

到斯坦比杜尔去

很多神秘的事情都发生在东方，在东方人生活的地方。卢卡斯对一切东方的东西都非常感兴趣。

有一天，在地理课上，说到有一个城市叫伊斯坦布尔，那里有种种特别的风俗。波那曼老师说，他们坚持这么做，因为他们是东方人。那城市叫什么，卢卡斯没有仔细听。他的思绪早就跑到很远的地方去了，到那个……斯丁坦布尔什么的。

他正在街道上慢慢地走，穿着那种白衬衫，衬衫下藏着一把匕首，袖子里还放着一根魔术棒。

他穿过昏暗的小巷，强盗们潜伏在墙后面，哈里发正在铁窗后面用火眼金睛看着街道。突然，一个打扮成老虎的奴隶贩子从一个门里面跳出来！他一把抓住卢卡斯的领子，掐住卢卡斯的脖子。卢卡斯还没来得及把匕首拔出来，就被铁链捆起来。他准备把卢卡斯送到奴隶市场去出售。他抢走卢卡斯的匕首，把卢卡斯的头巾扯下来，可他没有发现魔术棒。卢卡斯抓住这个机会，用一只手指头摸了一下魔术棒，

这就足够了，他立刻从铁链里挣脱出来了。他拿起魔术棒喊：

"霍库斯布库斯，布库斯霍库斯！"

奴隶贩子立刻变成了一只老虎，一只没有牙齿、没有爪子的老虎。它可怜巴巴，不得不靠吃苍蝇、蚊子和软面包活下去，还被所有的动物嘲笑。

就这样，卢卡斯得了一个5分。波那曼老师说，他上课时打瞌睡了。可他根本没睡觉，他刚刚在、在，叫什么来着……斯丁巴列尔。得个5分也值了。

可是，斯坦巴拉尔的事还没完。他必须继续探索下去。

吃午饭时，他突然有了一个伟大的计划，他要到斯坦比姆尔去旅行。他准备就那样走过去，一步也不停，一直往前走！他悄悄地把煎土豆片用报纸包起来，带着路上吃。他带上一条毛巾洗澡用，还带上他的小刀。

他溜到村里的大道上。一切旅行都是从乡村大道开始的。

他走了一段路，看到牲口贩子史威尼克的车停在路边。他偷偷溜到车后，掀开上面的油布，悄悄地钻了进去。

车上有一股难闻的猪臭。史威尼克先生在车上装了猪，准备到城里去卖。

卢卡斯决定还是下车步行。已经来不及了，车子开动了。好吧。如果开到下一个城市，那他的旅途已经走了一半了。那个叫什么……斯图布图尔也就不远了。

车子开了很久，卢卡斯把煎土豆片吃完了。车子还在开着，卢卡斯很困，可他不能睡着，因为一个魔法师从来不睡觉。

可他还是睡着了。

车子还在往前开，不知道开了多久。

卢卡斯睡在猪后面的柴草堆里，他藏得那么好，当史威尼克先生把猪卸下来的时候，竟然没有发现他。

当卢卡斯醒来时，车停了。

下车！一定是那个什么……斯坦比杜尔到了。他从油布下钻出去，外面一片漆黑。这个辛比巴多尔怎么这么冷，看上去一点儿也不像东方国家。他再仔细看看，好像跟史威尼克先生家后院一模一样：木棚、猪圈，还有厨房里的灯光……这里就是史威尼克先生的后院！

原来是这样！

卢卡斯溜回家去了。他暂时没有挨打，因为爸爸看到他活着回来了，还是很开心的。明天爸爸会打他，但爸爸忘记了。

过了一天，卢卡斯身上还是有一股猪粪的味道。

一个案子

破案属于魔法的一部分。准确地说，属于神秘故事的一部分。

一个案子不知不觉发生了，但不清楚到底是怎么回事。警察来了，录了口供，记下证据，辨别痕迹，寻找指纹，拍照研究，辨认秘密字体，然后开始追踪罪犯。某个人秘密地潜伏到一个地方。他戴着格子帽，抽着烟斗，面目不清。他有时躲在铁路路基后面，有时藏在桥底下，有时坐在公园的长椅上假装看报纸。他在报纸上钻一个孔，通过那个孔观察周围的动静。

终于有一天，这个案子破了。第二天的报纸上都报道他，他就成了一个很厉害的人，一个名人。

这一切卢卡斯差点也经历过了，不过，只差一点点。

事情经过是这样的：

卢卡斯坐在木棚后面晒太阳，把金龟子们整理归类。

这些金龟子都是有名字的。他把"面包师"放在一个火柴盒里，把"烟囱清扫工"放进另一个火柴盒里，"消防员"也被放进另一个火柴盒里。

他把混进来的蚂蚁扔了出去，把蜣螂留着喂鸡。

突然，传来一阵响声。很响的声音，非常可疑。

卢卡斯绕着木棚走了半圈，走到木棚另一边，那里有一个小洞。他小心地趴在地上，这样他的影子就不会透过木板缝隙被里面的人发现。要不，那人很可能会向他开枪的。

他趴在地上，把耳朵贴在那个小洞上。这下听得清楚多了。真的有一个人在里面！那人走动时动静很大，像一个美国的黑帮恶棍，或者盗马贼，正准备偷窃酋长最好的野马。他还从洞里闻到刺鼻的味道，很可能是枪膛里的火药。

注意了，卢卡斯，机会来了！他要把这些黑帮恶棍盗贼全部抓起来。让大家看一看卢卡斯是怎么发现线索，侦破一个案件的。

他学着印第安人用十个脚趾和十个手指头爬到离木棚两米的地方。然后，他站起来，慢慢地向大门口走去，还假装若无其事地吹着口哨：

"穆勒喜欢徒步，徒步……"

很明显，强盗正通过木板缝隙观察他。他不能紧张，以免引起怀疑。

"徒步是……穆勒的爱好，爱好……"

走到强盗看不见的地方时，他开始飞跑起来，就好像有谁在后面追他一样。他不停地跑着，一直跑到警察萨沃的办公室。

"警察先生，我妈妈说，呃，她说……"他把妈妈搬出来，是想让警察重视一点儿，"我妈妈说，您得马上去，在我们家木棚里，有一个……我妈妈说的。"

萨沃先生马上扎上皮带，骑着自行车直奔卢卡斯家。

卢卡斯跟在后面跑着，大声喊："大家快来，一个强盗、一个强盗在我们家马厩里！"

所有的孩子都跟着他跑，这里还从来没有发生过这种事情。比默尔嫉妒得脸都黄了。愚蠢的卢卡斯家的马厩里竟然有一个强盗！

当他们跑到卢卡斯家时，警察已经围着木棚走了一圈。他闪电一样地行动了，用力推开门进去，里面传来一阵搏斗的声音。然后，马洛克斯家的公山羊跑了出来。

接下来发生的事，还能说什么呢！幸好卢卡斯妈妈不在家，也不知道。警察很想表扬一下卢卡斯，因为他警惕性真的很高。可卢卡斯已经躲起来了。

警察没有找到他。接下来的一个星期，大家把卢卡斯叫作"山羊捕手"。主要是大孩子们这么叫他。在小孩子们的眼里，他是卢卡王，跟大人一样厉害。他高大、强壮，还聪明。

捕捉山羊算不了什么，捕捉大象那就不一样了。

卢卡斯有一天在报纸上读到（他不知道那是一张四年前的报纸），在巴塞罗那有一头大象逃跑了。它从印度汽船上溜下来，直接消失在人群中。报纸上说，人们在通缉那头大象，奖金是两千比索。

卢卡斯对此很感兴趣。虽然这不是魔法，也不是那么神秘，但必须追踪大象的足迹，仔细辨认，还要分析大象逃往哪个方向了，已经过去多长时间了，等等。这是一件难度很高的事情。

下午，卢卡斯把他的小伙伴们召集到一起，发表了演说：

"大家听着，有一头大象逃走了。我今天在报纸上读到的。抓到它就有一笔两百万比索的奖金。我们可以分一下。我拿一百万，还有一百万给你们。同意了？"他说"同意了"就是大家都同意的意思。"回去拿上武器，半小时以后我们在花园路口集合。"

他们飞跑起来，去拿结实的木棍、弓箭、铁皮罐和麻绳。半小时以后，他们聚集在花园路口。

在这同时，卢卡斯已经仔细研究了案情，发现了非常可疑的脚印，很大，一直通往森林的方向。他，卢卡斯酋长，现在带领着大家走在前面。

"勇士们，跟着我！"

当他们走进森林时，大家把鞋子脱了下来，以免留下任何脚印。走在最后的那一个，用自己的衣服把脚趾印抹掉。他们弯腰躲在一个灌木丛后面。从现在开始，大家只能弯着腰，轻手轻脚地往前走。大象的眼睛很锐利。人们觉得它很笨，其实根本不是。它们把长鼻子紧贴在地面上，嗅觉也很灵敏。

一切迹象都很明显。卢卡斯做了个手势："全趴下！不许动！"

在松树后面，传来重重的呼吸声，有东西在靠近！

守林人走过来，擤了一下鼻子喊："孩子们，不要到森林里面去。"

"我们不去，守林人先生，"卢卡斯说，"我们就是想去摘蓝莓。"

他若无其事地用棍子在草丛里扫了一下。

守林人的鞋子是 47 码，怪不得看起来像大象的脚印。

"可是，大象的脚印看起来也是这样的，一模一样。"卢卡斯说，"我发誓，完全一样！"

后来，卢卡斯抓到一只森林老鼠，毫不畏惧地把它抓在手里。

有谁敢这么做！他还是最厉害的那个。

不过有一次，他因为胆小被嘲笑了。

波那曼老师要搬到另一个公寓去。他放大家一天假，如果有人愿意，可以去帮忙抬箱子。卢卡斯也去了，因为他想让大家看看，他能把最重的箱子搬起来。

四个大人把钢琴抬到车上，波那曼老师的太太搬着针线盒，波那曼老师搬着小提琴，学生们抬着箱子、盒子和书，搬运工搬着家具。大家一起往新居走。孩子们跟着在后面跑。

到了新家，跟刚才一样：搬运工搬钢琴，波那曼老师太太搬针线盒，波那曼老师搬小提琴、琴谱和花园工具，孩子们抬箱子、盒子和书。

突然，卢卡斯大喊："啊，什么东西在动，我怕！"

他把箱子扔到地上，躲到角落里。

一个搬运工过来，一下子把盒子打开了。他结实得像牛一样，当然什么也不怕。

波那曼老师的猫从盒子里跳了出来。是比默尔把猫关进盒子里的。大家都笑了，卢卡斯悄悄地回家去了。

一场了不起的演出

卢卡斯终于等到了这一天。他马上就要升三年级了，终于可以开始魔法师生涯了。他马上举行第一次盛大演出。他用彩笔和油墨笔画了三张海报：

著名的卢卡斯

将在院子里举行一场演出。

票价随意！

明天三点！

整个海报是红色的，蓝色波纹线的框子，上面还画了一只很小的公牛。因为重头节目是斗牛。

他把海报贴在三个不同的地方：一张在他家院子门口，一张在放冬天防滑沙子的木箱上面，一张在一棵树两米高的地方，这样就不会被人偷走了。

第二天3点钟的时候，他的小伙伴们当然都来了。更小一些的孩子也来了。可大孩子们没有来，不过这样更好。布恩的弟弟负责打鼓，他刚刚得到的生日礼物是一面鼓。一个孩子拿来一只能吹出两个不同音符的小号。

地上用砖头隔出表演区，就像真正的马戏团一样。

卢卡斯发表讲话："我们首先欣赏斗牛表演。一个人拿着一块红布走进竞技场里。然后一头强壮的公牛来了，四蹄的颜色像火焰一样，它立刻向斗牛士冲过去。斗牛士把红布挡在牛的面前，牛看不见了。它从旁边奔过去，斗牛士闪到一边。公牛又冲过去。最后，斗牛士拔出剑，把牛刺死了。那个人就是我。"

"太好啦！"观众们鼓起掌。

"演出开始。"

卢卡斯在木棚后面消失了。接着，传来脚步声。卢卡斯的山羊拽着卢卡斯冲过来。

他们在场地中间停下来。"你们都看见了，公牛是多么厉害！可我会战胜它。"卢卡斯从口袋里掏出一块毛巾，在山羊眼睛面前晃来晃去。

"来呀！冲过来，过来！"

山羊站着不动。

"你们看见了，公牛怕我。"

卢卡斯爬到山羊背上，骑着羊跑了一圈，拽起羊的耳朵，把它翻

到地上，踩上一只脚，喊："胜利了！"

"太好了！"大家全鼓掌。

他把山羊牵出去，又回到场上，开始表演第二个节目，这是他从魔法大师朋友那里学来的真正的魔术。

他把一只锅倒放在一边，一只桶倒放在另一边。他没有帽子，也没有红布。他就把一只金龟子放到锅的下面。他不知道用金龟子变这个魔法行不行，但大家很快会看到，他是不是真的会变魔法。

"库布斯霍布斯……现在，金龟子到了这个桶的下面。"

"太好啦！"

"接下来是难度最高的！注意，我将用魔法，把金龟子重新变回那个锅下面去。霍布斯库布斯！"

他走到锅那里，自己也不知道有没有成功。不过，马上就有答案了。他掀开锅——金龟子还坐在原先的地方。魔法大师考核成功了！

卢卡斯挺起胸，垂下双臂，慢慢地从观众面前走过去，一共来回走了四次。表演结束了。现在大家知道他是个什么样的人了，那就是——

卢卡斯，

魔法师和印第安酋长